倒飞的鸽子

姚宏伟　著

长江出版传媒｜长江文艺出版社

倒飞的鸽子

姚宏伟 著

长江出版传媒 | 长江文艺出版社

低处的光芒（序一）

大卫

人与诗歌的关系，其实是人与世界的关系，在自然面前，诗歌是我们的仆人又是我们的上帝，是鲜花与鲜花的相遇，雨滴与雨滴的相识。通过诗歌这台显微镜，可以发现世界的秘密——那是词与词的乘积，句子与句子的互相痴迷。曾说过诗歌是一个人的心电图，意味着读一个人的诗，反过来可以了解甚至洞察一个人。秋天，诗人姚宏伟诗集《倒飞的鸽子》，我看到了一个中年男人以少年之心与生活的相遇——甚至可以说是“艳遇”——诗歌，其实就是生命中的艳遇，难道不是么？哪一首佳作，不是一个诗人调集了名词、动词、形容词、副词写下的天空与大地？当露水从草尖上滴下来，只有诗人能发现它心跳的轨迹，物质时代的抒情，不是钢铁出神，而是一个有诗意的人，写出云彩经过天空而又在湖面栖息的样子。如果生活是大海，那每一个标点符号都可能是美丽的岛屿，当然是绿叶婆娑的岛屿，有你想要的鸟鸣与波浪，省略号的海岸线与感叹号的桅杆，让你感觉每一个词都能海鸥一般的起飞，读宏伟这部佳构，我想起俄罗斯白银时代伟大诗人曼德施塔姆的句子——

黄金在天空舞蹈
命令我歌唱

与宏伟兄接触过几次，我们更多的认识，是来源于早几年的博客。在现实中见面之后，非常投缘，我对这个沉默而又热情的人，充满好感。说沉默是因为他的话总是比他的目光长一点，比他个子矮一点，说热情是因为酒量不是太大的他，一旦被激情所点染，就会豪气干云，他通红的脸，仿佛一个少年面对朝霞想写而又不敢写的诗篇，当然，他现在是个中年汉子了——但，中年对于他，仅仅是时间上的一个概念。我觉得他的心里应该藏着 10 万个孩子，藏着 10 万个儿童节。他的身上有天真的成分，而这种天真是时间所不能抹去的——哪怕月亮是块橡皮擦子，也无法抹去他星星的诗句。

天真与童心是一个诗人的标配，没有天真，就没有童心。当然，也就没有诗歌，用纯真的眼睛去看世界，才会发现万物都是新的、美的。诗歌写作需要的是陌生化，当世界越来越大的时候，当写作变成一件面目全非的事情之时，个性化写作就显得特别重要，可以说，没有个性就没有诗歌，而天真与童心恰恰会让一个人发现生活中诸多的“陌生”与“新鲜”。对于诗人来说，不是发现生活中的可能与不可能，而是可爱与不可爱，可说与不可说。齐白石论画的时候，曾说过这样的话：太似则媚俗，不似则欺世——好的诗歌有时也在“似”与“不似”之间，这，就牵扯到技巧的问题。读宏伟的诗，我就感觉到他的功夫了得，你丝毫感觉不到“审美疲劳”这个词。他提供的，是一个不同的向度，而表达这种向度，又是诗意的、童心的、举重若轻的。

我特别想说的是，宏伟的确是个举重若轻的高手，这本诗集我随手画重点，这样的诗句给我留下深刻印象——

仿佛获得速度，就是为了
更快的远离
——《倒飞的鸽子》

它们认得我，就像我认得生活

微微的苦涩，还有小小的毒
跟灰条一样
——《灰条》

零落在低处的情爱，生出了翅膀
一支蝉形的恋歌挣脱了躯壳
仿佛爱必须从一个更大伤口中说出
——《蝉蜕》

长久没能说出爱你，那是
通过伤口的时候，疼痛卡住了我
就像自己分娩另外一个自己
——《说出》

那只白鸟和它的倒影面对面飞上一夜
直到影子长出羽毛
——《泪水里飞翔的倒影》

楼高万丈，最高的一层
永远保存着零刻度目光
——《零刻度目光》

……

我不能引用太多了，细心的读者，可翻开这本《倒飞的鸽子》，看看哪些“影子长出羽毛”。

从生理年龄上划分，宏伟属于所谓的中年写作，但是，从诗歌写作时间来说，他又是一个文学新人，这让我惊讶于他的才华。不客气地说，很多人写了一辈子的诗却没有诗意，甚至没有摸进诗歌的大门儿，有的人连门槛都没跨过。而宏伟，却出手不凡，这得益于他的天赋，不得不说，天赋这种东西是让人羡慕嫉妒恨的，那些普普通通的词怎么一旦移到了他的手下，就面团一样的听话，想怎么捏就怎么捏，而且很天然的样子，你看不出他的刻意或者造作。有些诗真的写得妙不可言，越品越有味，仿佛云彩，又仿佛魔方，让你能看到不同的花样，在这本《倒飞的鸽子》里，不少精彩的语句妙手天成而又富于哲理。

曾去过宏伟的老家山西太谷，那儿曾经是山西省总商会的所在地，曹家大院——当地人更喜欢叫三多堂——与孔祥熙的旧居，皆是知名的景点。宏伟在当地一家知名的药厂上班，这个学中药的人，他调配起诗歌来，估计也是有秘方的，至于是不是祖传的就不知道了。反正我听宏伟说他的祖上在当地也很显赫的，如果不是因为某种历史的基因改变，宏伟应该是个阔少爷，听着上党梆子，喝着小茶与老陈醋，倒背着手，在街上走来走去。遇到喜欢的人，就蹲下来聊一聊，遇到不喜欢的就翻着白眼儿而去。这个当过兵的人，既然阔少爷没有做成，但他的血液里却有一种绅士与血性，当然喝高了，他也会有一种霸气，这种霸气，如果再加上酒精与老陈醋，这么一勾兑，估计就是“豪迈”两个字了。

其实，宏伟还是一个深情的人，他的亲情诗在本集中不是太多，但却动人、优美，甚至这优美是以疼痛打底子的：“作为长子，我也是一把 / 还没有干透的泥土，命中注定 / 要把父亲送入黄土 / 然后再把这方黄土当作父亲”——除了这一首，我还愿意向读者诸君推荐他的另一六行小诗《一个名词》：

父亲，一个返回了字典的名词
再也不能将他叫应
有时候，父亲出现在我的心头
就像一块突然飞滚而下的石头
撞上左边的肋骨，弹向右边
然后停在了我的胸口

宏伟走在街头，非常普通，与其说他是个诗人，不如说像上世纪 90 年代的一个工厂推销员，但这个“推销员”一旦与文字勾连，我相信时间在经过他的时候是很慢的，非常的非常的慢，慢到不能再慢，这种慢让我想起一句印第安谚语：别走得太快，等一等自己的灵魂。

同样的，诗歌也是慢的艺术。诗人与诗人之间，有时候甚至比的不是诗歌，而是比谁更慢。但这慢又不仅仅是慢工出细活，因为慢，诗歌才得以在心中沉淀。世间的一切，哪一样不是流水呢？能够留下来的，是那些文字的钻石，那些闪光的句子，那些珠宝一样的灵感，那些像狮子一样抖擞的名词、动词、副词，像老虎一样威武的定语、状语、补语。但诗歌又是打碎一切，而又创造一切的艺术，不是钻石也不是珍珠，不是狮子也不是老虎，诗就是诗，我不知道，这世间还有什么可以是诗的替代物，我们不能说出的，诗歌都能替我们说出，那些心跳那些咳嗽那些呐喊那些苦闷那些委屈那些忧郁那些壮烈那些豪迈……等等等等都是诗的呼吸。

诗歌的太阳，照亮生命的山谷。因为诗歌，我们的人生才会有光合作用。说到光，首先想到的是太阳。诗人姚宏伟所生活的县城太谷，既是一个地名，也是一种乡愁，当然，太谷，我愿意用酒精棉球把它擦得一尘不染，太谷者，太阳照亮的山谷也。诗歌的太阳，照亮生命的山谷，也照亮生活的山坡。太谷，还有一个太阳谷诗社，宏伟团结了当地的，甚至全国的一批诗人，正以品牌的方式向外推出。不同阶层，不同职业，不同性别，不同年龄的人，因为宏伟而聚在一起，我今年偶然路过太谷，感受到了宏伟和太阳谷诗社社员的热情，那种大碗喝酒，大块吃肉，至今让我难忘，微醺之际，只想对着月光说“快哉，快哉”。

前面说过，宏伟的写作时间，不是太长，仅仅从时间的角度来说，他可谓“文学少年”，但其诗歌的悟性与天赋，让我看好他是一只“潜力股”。以后加之岁月的沉淀与历练，我相信他会在白纸上写下更多的月光，句子与句子相碰，会发出银子般的声响。最后，我愿意用《雁阵犁开了春天》几行句子，结束这篇小序——

雁阵犁开的春天，一场美丽的暴动
已经酿成。而我什么也不做
蹲在姚家堡的一条宿根之上
静观那些未知的美好，恣意发扬

祝诗人姚宏伟在以后的时光中，能以诗意的心跳与目光“静观那些未知的美好”并且“恣意发扬”。

是为序。

2017 年 9 月 2 日

（大卫　中国诗歌学会会长助理兼副秘书长）

一次冒险，或是涅槃（序二）

——读《倒飞的鸽子》

杨丕梁

写作，即冒险。而诗歌写作，更是需要有一种“舍我其谁”的担当和探索精神。这种担当和探索，区别于当下一些诗人的“重复写作”和“自说自话”，一个显著的特征，是要有自己的“独立性”和“不可重复性”。这里，我且把他称之为是一种“非他性”的写作体验。

宏伟是我相交相处近30年的朋友，说句不算冒犯的话，我是看着他的诗歌一点点成长，又一步步走上了诗坛。能有眼下的“出息”，与他观察世事的“毒辣”，挖掘角度的“刁钻”，以及叙述结构上追求“精致”有关，正是这样一些带有个人禀赋的诗性特质，造就了他诗歌写作的“非他性”特点。读他的诗，你会时时有新奇和讶异的感慨，而这一点都不足为怪，因为，摆在你面前的这部诗集，里面所收录的，本就是一些不一样的诗。

还是在几年前，宏伟出了他的第一部诗集，取名《内心的江湖》。其实，许多时候，一本书的书名，也即是作者的文学宣言和美学追求，我们完全可以从中窥见作者的主张、观点，甚或是他的文学素养。那部诗集带给我们的，是一种蛰伏于作者内心的喧嚣、张扬以及莫名的躁动，而《倒飞的鸽子》则不然，它让我感受到的是一种哲思、冷峻和对宇宙万物的叩问。以我的理解，诗人在不自觉间已实现了新的跨越和提升，完成了他诗学追求上的蜕变。虽然他的写作路数没有变，仍然延续了他一惯的风格，讲究写作的在场、推进、独到、深刻等诸多要素，但他的创作显然已渐趋成熟和老到。如果把这部诗集放在中国诗歌的百花园中，它同样会非常地独特和惹眼。这恰如作者本人一样，在他的身上，总有一些蛊惑人、吸引人的地方，它们是那样让人欣喜和着迷。

这种欣喜和着迷，在读完这部诗集后，你一定会有所体悟或感触。这部诗集取名《倒飞的鸽子》，收录 2012 年以来的 118 首诗歌。五年磨一剑，作者用自己对诗歌的热爱，用自己的殚精竭虑、苦心孤诣，用自己的全部才思和敏捷，打造了一座富丽堂皇的诗歌宫殿。这期间的苦思冥想、搜肠刮肚、匠心独运，又岂是外人所能领会？他的诗当然不是噱头，不是猎奇，也不是故弄玄虚，面对纷繁复杂的世界，面对无限的可能和未知，面对世俗、亲情、欲念，以及无法逾越的时间和宿命，宏伟的敏感、多情、执着和怀疑精神，给了他创作的冲动和支撑，这些坚实的诗的“内核”，通过他恰当的叙述和细节上的拿捏控制，对语言弹性和异质感的把握，以及各类修辞手法的适度使用，让他的诗具备了走向更远的可能。

在诗歌的道路上，并不是每一个写作者，都是好的文字搬运工，也并不是随便哪个人付出了心力和苦力，就一定能构筑起想要抵达的万里长城。人在囧途，天资禀赋是一方面，而机缘、觉悟和修炼，又何尝不是抵达彼岸的要素。在写诗这项攀岩比赛中，好在宏伟当过兵，懂医理，研形意，这让他有了一副好体魄，不致在夜半耕读时体力不济；他经商做过买卖，三教九流交友甚广，博览群书又博闻强记，这些丰厚的人生积淀，又为他提供了必要的创作素材和滋养。诗歌当然不是杂耍和卖艺，不需要日日酒肆、夜夜新郎去积攒素材，也不需要混迹江湖、出入坊间去捕捉灵感，但谁又能否认，恰是这些尘世间的摸爬滚打，为一个优秀的诗人，提供了构筑诗歌大厦时取之不尽的砖瓦和草木呢？

读宏伟的诗，你会发现，他总在努力寻找一种新鲜的语言和迥异的表达，以求突破那种惯常的语言特点和艺术建构，从而去独辟蹊径和另寻他路。有意也好，无意也罢，他的这种努力，让我们看到许多奇崛的意象就站在那里，像一只只“倒飞的鸽子”，带着风声和它翩然的舞姿，从我们的眼中飞过，飞向遥远的地平线。

庞德说，诗人是上帝的宠儿，是受上天的差遣而传递美的神职。在这个意义上，宏伟是幸运的。他是一个天生的诗人，他的感性和浪漫，他的敏感、血性和偏执，都注定了他有一种与生俱在的诗人的气质。丰富的生活阅历、对人对事敏锐的剖析和评判能力，使他具有了撕裂表层、直逼事物本质和要害的犀利和深刻，这让他的诗不仅具有了源自生活的质感和厚度，而且也表现出超越于寻常意义上的价值和力度。比如，“走过今生要去往生的人\都在殡仪馆中转”（《无主行李》），比如，“在乡下，被一种野草认出来\扯着嗓门喊叫我的诨名，它们\跟我那伙发小是一伙的”（《灰条》），再比如，《麦子在地里跑了一夜》《捡拾月光的人》《疼痛这么明亮》等等，这些从现实题材中发掘，既有尖锐生活的磨砺，又有“自我”情感扩张的脉动，混合着现实与历史交叠的生动场景，在诗歌写作大众化、平庸化的今天，带给我们的，无疑是一种惊喜。

诗歌最终的成败，取决于诗人内在的气质和诗核的爆发力。写诗需要有冒险精神。唯有冒险，才能采摘到高山上的雪莲，才能打捞起马里亚纳海沟的珊瑚，宏伟在做着这样的努力。对这部诗集，周所同先生、大卫先生已在序言中做了不少引导，他们的评价是中肯的。

对一个诗人最大的尊重，就是让他的作品自己去说话。收入这部诗集的，是一些不一样的诗，它们给人的震撼和冲击就在那里。多说无益。让我们读诗吧，到诗中去感受诗人内心的波澜壮阔，到诗中去感受一个北方汉子胸中的气象万千！

微光弱火，言不逮意。唯有祝福绵绵！

2017.3.20

（杨丕梁，山西省作家协会会员，晋中市作协副主席，晋中市诗歌协会常务副主席。著有诗文集多部。曾获《人民日报》征文一等奖、山西省散文奖、晋中文学奖等。）

目 录

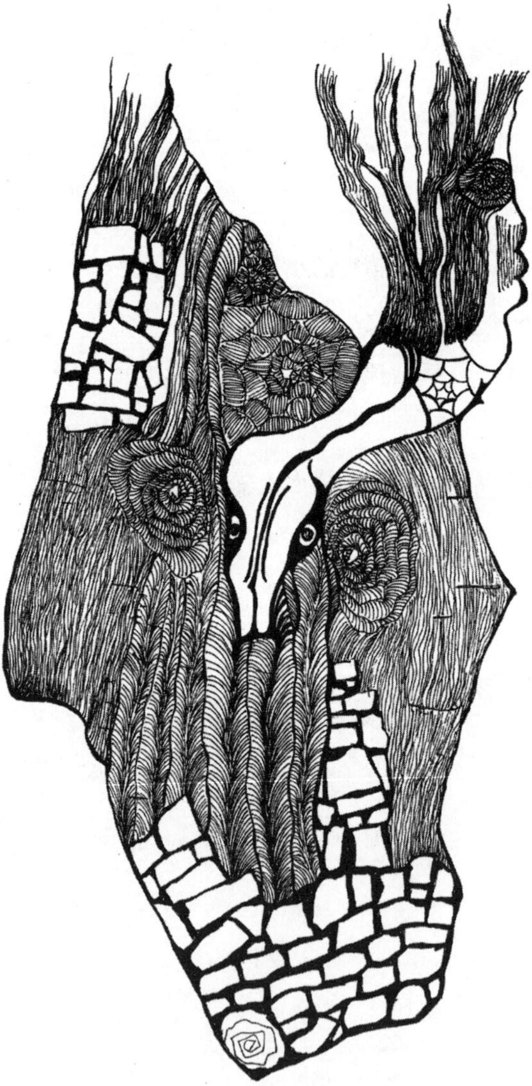

倒飞的鸽子

高速列车追上了逆风赶路的鸽子
然后又远远甩开。从我座位上看去
那是一群鸽子倒着飞翔

仿佛获得速度，就是为了
更快的远离。“到达了远方
还有更远的远方，我究竟需要什么？”

停顿下来的时候，身体依然保持着
速度，心里有一群倒飞的鸽子
距离故乡越来越近了

羽毛和故乡

鹞子深陷在空中
一动不动，就像一颗钉子
把云天紧钉在蔚蓝之上

一只疲惫的飞鸟，不偏不倚
撞上了这么一颗钉子，那是一只
那是一只负伤的信鸽

飞行诀别了天空
翅膀的痉挛，仿佛还有无形的事物
继续在归途上挣扎

天地苍茫依然，故乡还在远方
这些飘落异乡的羽毛
追着过路的风一路乞讨

有只斑鸠在时间背面飞翔

雷雨过后，老树下破碎的鸟蛋
慢慢干成了一张地图
几厘米红红的血丝那是道路
是一只斑鸠最初五天的行程

穿越这阵雷雨，这条血丝
还在蛋壳里保持着温度，用不了两周
就会破壳而出，再给几天
稚嫩的翅膀上就会射出十支血箭

一切都在雷雨之后化为乌有
仿佛丢在了时光的另一面
于是我看见一只斑鸠
在时光的背面，追着一场雷雨飞翔

大暑傍晚的仰望

太阳还没有落下，月亮
已经升起在东南。一群鸽子
飞向落日，又从月亮里穿出来
就像天风踩下的脚印

仰视这些拥有血统的脚印
释放内心的飞翔
曾经的苦痛比羽毛还轻
睡着了的空气一样

高远总要落向粮食和饮水
也需要小小的巢房安顿情爱
低于翅膀，我在泪水的下游
侍奉这些脚印，什么都不想说

太阳落山，大暑之日的姚家堡
就只剩下夜晚了。月光里
还有翅膀的影子，是谁
手提明月，悠然漫步在天上

姓　名

每逢季节更替，地气升降
总是有人经不住人间冷暖的颠簸
或者赶不上时光的班车，黯然离去
只留下他们尘埃一样的姓名

郊区的石匠，收集这些被作废
被注销的姓名，用铁錾和铁榔头
命名作坊里的石头，他的石头
都有一个弃用了的人名

仿佛，与命运争斗了一生的人们
纷纷藏进了石头，为了
不被再一次捉弄
索性连姓名也丢在了外面

无主行李

走过今生要去往生的人，都在殡仪馆
中转。一个个长途旅客
都是乘着火的列车正点离开的

有一只手，专门负责清扫血肉
化成的尘埃，还要把没有灰化的骨头
砸碎，收进盒子

碎骨的声音，仿佛忍到生命后面的
那一声疼也喊了出来。原来
骨头的坚硬是靠一声疼痛粘结着

去者已矣，活着的似乎个个重负不堪
那一声疼遗落在那里
无知无觉，就像一件无主的行李

灰　条

在乡下，被一种野草认出来
扯着嗓门喊叫我的诨名，它们
跟我那些发小是一伙的

不在畦不占垄
风把它们种在哪里
就在哪里把自己养大

它们是青蒿一类，俗名灰条
在我的少年是猪草
荒年里还能是菜和粮食

它们认得我，就像我认得生活
微微的苦涩，还有小小的毒
跟灰条一样

烟囱里的树

悠然而起的炊烟，仿佛
落日里唯一的植物
倦鸟身负着整天的暮色
正在飞向那里

那个劈了一下午树根的男人
脸上映着灶火，等待沸腾
他不知道，烧掉的树根
还会在烟囱上再次生长

老　汤

一碗羊肉汤两个白吉馍，驱散了
这个冬天漂泊的饥寒
我仿佛是一个反穿着羊皮的流民
体面地端坐在长安的酒肆

老汤一千年坚持着沸腾
坚持着大唐的风味。更久的坚持
是低处的一苗火种
是那些劈柴的燃烧

我看见土灶旁边
那个拉风箱的人，来来去去
一会老一会又年轻了。它们好像
一个个把自己添进了灶膛

纸笔情书

再白一点就撑不住了
这张纸，仿佛就是一块十六开的世界
纯粹得只剩下辽阔的白

在谎言和废话里漂泊，水笔
遭遇白纸的时候，写下昵称就没水了
划痕，就像刻刀对于骨头的倾诉

始终坚守着白，也许就是等待
那滴墨色呼唤；含着最后一滴墨水
就是要用爱叫应一个人

开始和结局来不及拉开距离
一张废纸和一支空了的笔芯
就同时落进纸篓，走向宿命的未知

蝉 蜕

零落在低处的情爱，生出了翅膀
一支蝉形的恋歌挣脱了躯壳
仿佛爱必须从一个更大伤口中说出

一只秋蝉就是一只播放器
重复着一首单调的歌，咿呀咿呀嗳咿
它们要在秋凉之前，倾尽全部的爱

这些蝉蜕，只是一把空空的躯壳
和一条条永不痊愈的伤口，就像
过客遗弃在今世的睡袋，装满清风

说　出

长久没能说出爱你，那是
通过伤口的时候，疼痛卡住了我
就像自己分娩另外一个自己

说出来，于你可能是一两声恼人的蝉鸣
在我就是五脏六腑的表达
我将失去体重和语言，皮肤空空荡荡

倘若再次得到命名，蝉蜕
作为一味清咽透疹的中药
或许有幸让你知道我的爱是苦的

唇印齿痕

火色唇印里，朱砂色齿痕
昨夜你又来过了，忽略了情节
故事没有内容，只留下
这个鲜艳印记，在我的心口

你是修炼千年的白狐，我是
永远赶不到京城的书生
爱得凶猛，若不是这几根骨头挡着
你吞下的就不仅仅是我的心跳

留下这个印记，向同类宣示
热腾腾这一百多斤
是你的猎物，这个
自命不凡的家伙，是你一生的口粮

多像一只果实的切面

甜软的果肉是爱

果核恨一样坚硬，好在各有半边

信物一样证明，我们爱过

春天就在脚面以下

立春以后的落雪
在脚面上还是白的，着地
就化成了雨水。今年的春天
已经有了脚面的高度

脚面以下的春天，也是天堂
足够一棵小草开花结果
从生到死，足够蚂蚁们忙忙碌碌
爬过一生

此刻，能够听见它们一点点
搬开自己头顶的泥土
就像一个人
用无声的语言呼叫着星星

踩着裸露的春土，我就是一棵
会走路的庄稼，只不过
在低于身高，容不下头脑的春天
先发的是我的双脚

爸爸吧吧

脑萎缩多年的老父亲
傻呆呆地看着我叫，爸爸吧吧
好像我站在祖父的躯壳里
或者，瘫痪在床的是我的一部分

在他的旧衣服里成长，我和这个
给了我姓名的人太多相同
坏脾气也是，就像一对双胞胎
只不过他早生了 28 年

因此他把我赶出了家门
自己盘踞在姚家堡，独占了故乡
发誓不再认我。在异乡
常常抬头撞上我那轮最圆的月亮

现在，他管我叫爸爸了
那么就像你是爸爸的时候养育了我
我必须把你的老养到小
小到你可以在另外一个世界出生

父亲和儿子，谁叫谁无所谓了
生命中靠得最近的两个人
不管时光之矢从哪一端射来
都是情愿为对方挡住一箭的人

钟　泉

铁质莲花汩汩绽放
山泉泛着铁的涟漪
那是一口向下修行的铁钟
倒系在石膏山一条水脉上

草木修来的福泽
动物膜拜的圣地
可以看见能够触摸，水质钟声
护佑着山色的翠和云岚的白

什么缘分才有今日的相遇
仅仅喝上一口，红尘中
这些匆匆过客
心甘情愿度化成了石膏山人

寻骨记

早年投身革命
祖父有意隐瞒了籍贯和亲人
只带着永不更改的姓名

父亲用一生时光寻找祖籍
族谱，祠堂和祖坟
直到失去了行走和语言

我找到的祖父是一副白骨
没有陪葬，将星、勋章都没有
鬼子给他的弹片也不见了

那一刻，引魂公鸡叫了
叫得那么正式严肃，仿佛
看见了比那个上午更明亮的事物

一个名词

父亲，一个返回了字典的名词
再也不能将他叫应
有时候，父亲出现在我的心头
就像一块突然飞滚而下的石头
撞上左边的肋骨，弹向右边
然后停在了我的胸口

白塔和黑鸟

大雪过后，平原上一只疾飞的黑鸟
突然停在了空中。那儿一定是白塔
小城还是村庄的时候
无边寺和白塔就在那儿了

盖庙的、建衙的、镖旗和驼队
以及一千八百年的岁月都走了
白塔还在那儿，像是时光的白骨
不行不止，大雪也是白对白的皈依

看不见凤凰山乌马河
多少兴衰往事的背景，白得那么苍茫
要不是白塔支撑着一方时空
该往哪里安放忧伤

那个不期而至的登临者，就算作
又一个维度上飞翔的黑鸟吧，允许
一个黑点和另一个黑点
在白塔上遭遇，交换翅膀

神的书房

被更正了多次，还是有人
固执地把石树苑说成石书苑
这些层次分明的石头，均匀地
层层裂开又层层叠起

好像微风拂过书页，草本
木本，知名不知名的植物
长在石页之间，仿佛信手夹在书里的
抑或是植物用根在阅读

这些无名无字的大书
有意有象有呼吸有体温
还有参不透的玄机，品不尽的滋味
这是谁的著作，那个秉着日月
不倦不怠，从容散淡的读者又是谁

在石树苑，任谁八斗才高
五车学富，也不过是个
文字的搬运工，修辞的拾荒者
因为，这是神的书房

今夜，一把咸盐醒着

傍晚时分，抢购大军败兴而归
他们带回了愤懑和绝望
就是没有带要命的咸盐

乌衣乌面，乌有的灾祸
围困了这个缺盐的小区。狼烟
在短信私语中越传越远

恐惧真实的重量压住了心跳
生在底层，危难之时他们宁愿
相信比灰尘更少的碘盐

连接各自的伤口
就像挖通了各家各户的地道。今夜
只有一把咸盐，醒着

我的乌马河

呛进口鼻，偏头一蹦
热乎乎地从耳朵里流出来
这是一条可以穿过身体流淌的河
赤条条狗刨游过的河

平原上的一股硬水
在身体里是骨头，是血液
出口是改不了的方言，还是一条
爱上老陈醋的理由

故乡的河，世上一切河流的词根
纠结着一座城和一个人的宿命
接纳泪流的河
一条情愿生死陪伴的河

我的乌马河发源于太岳山

流经太谷汇入昌源河、汾河

直到融进黄河

开着浪花，一路向海东流

收下这场大雪吧

只有你配得上这些
根在天上，用翅膀开放的花朵
请将这仅有的白带回天上

你不需要蜡烛。我知道
你内心的灯盏足以抵御
末日的长夜里三重的黑

倘若，末日仅是杞人们的节日
而你还是天使的姐妹，请你
还一场大雪，给这堆憔悴的篝火

麦子在地里跑了一夜

明明记得，遍野的麦子只是
送我到高铁，第二天打开窗帘
满眼都是飞奔的麦子
啊，故乡的麦子
你们跟着这个以面为食的漂泊者
在地里跑了整整一夜

叶红石膏山

寒露一到，霍山一带就红了
最为热烈的一派
是石膏山的黄栌

唇形叶子，燃烧着举在空中
好像感恩的草木
献给阳光雨露的亲吻

秋天深处的石膏山
因为这些吻痕温暖了许多
一种感动显得盛大而辽阔

溪流的密友，秋风的情侣
他们将结伴回归故土
看望一下自己的老根

今生约或不约，它们都会
乘坐新的年轮再次赶回枝头
红红地等你

愚公的蚂蚁

几年前，我看见玉泉山旧矿场的石壁上
挂着好些身缚悬索的人
他们开钻打眼，就像
一群蚂蚁抱着一座荒山，没头没脑地啃着

他们修了栈道，在经过的峭壁上
凿出了密密麻麻的石坑
然后又背上一筐筐泥土填上
仿佛这群蚂蚁在一个寓言故事里忙碌

直到废墟变成了森林，直到
清风明月回到玉泉山上，人们才知道
那是一群愚公的蚂蚁
就是他们营造了这一方的美好

情人谷

走进情人谷，就等同于
把自己当成一个意象，放进了一首情诗
斑驳的阳光时而隐喻时而直白
曲径的叙述沿着泉流渐次打开

凉亭，就像诗句里的顿号
随手一点，就能看见眼神脉脉的你我
在这个滤掉红尘的小小世界
经历着泉水清风一样自然干净的感情

一路叫着那些草木的名字，对于
真诚的绽放报以微笑，心头怦然的一动
是因为藏在树阴里的鸟鸣
忽然叫出了你和我的昵称

情人谷多长也有到头的时候

过来的人都会频频回头，就像一首诗

写完了吟一遍还嫌不够

还要动用一下中年的倒叙，回味一番

亲亲土亲

给父亲坟头上添土
心里忽然膨胀的亲情，像个
前来认亲的孤儿，想要挣断肋骨
抱着这堆黄土痛哭一场

都说人是泥捏的，我不知道
是谁，用怎样的泥土当作血肉
给我捏出了父亲
给了我们生死不断的亲情

作为长子，我也是一把
还没有干透的泥土，命中注定
要把父亲送入黄土
然后再把这方黄土当作父亲

泥土塑起血肉，血肉化成黄土
土亲，始终都是最近的一族
总有一天，它会把我抱在怀里
永远不再松开

大雪连年

东南风吹偏了的南山
西北风又给扶正了
接着落下一场大雪，晋中平原
才真正辽阔起来

姚家堡不动
老槐树上出生的喜鹊，把新巢
建到了信号塔上
族谱上新发的名字，拥有了故乡

活在先人留下的人间
时光总是崭新得让人停不下来
心怀着爱和感恩，我一点点变老
莫名的忧伤斑斑驳驳

一年连一年，喜忧
就是个不定的定数，就像
这些凌乱的脚印，在冬雪中消失
又会在另一场春雪中出现

算珠的美好时代

旧时土生土长的太谷商人
都是在一架算盘上修炼成精的，或者
就是前世的算珠转世而来

他们有的跑到了商道上
有的坐在了商号里，他们移动一步
西街上的算盘就要响上一阵

逢到开标，算盘就打得昼夜不停
整个西街的大小字号全部卷了进去
就像黄金帝国发动的战争

就这样，从明朝打到大清
一直到民国，把太谷打成了金太谷
西街打成了中国华尔街

后来拨动算珠的那只手

被神召回了天上，遗留下来的算珠们

集体去往新的时代投胎去了

羊选民

一声咳嗽，几缕弱弱的炊烟
撑起了空洞的村庄
顶着满坡暮色回栏的羊群
是更大的一块空白

羊们每一只都有一个人的名字
都是村里外出的子弟
留下来的小名，哪只羊有点异常
村里就要莫名地忐忑一阵

这是一群空白的选民
就是他们，把老村长选成老羊倌
也是答应过，他老下了
一定要回来抬人的臭小子们

今夜，羊群倒嚼着村长的呼噜，一点
一点填满那几声空旷的犬吠
瘦得只剩一弯的月亮
留给了他乡工棚里，失眠的羊儿

站　票

付出了同样里程的路费
我的车票上没有座号
这就意味着，一千多公里的归途
不用脚走，腿也不能闲着

我将必须接受拥挤、碰撞
接受埋怨和责难，以及
好梦里插播的叫卖
还有永远不知道真相的临时停车

相比滞留在售票厅外过节的人们
我是幸运的，慢车算什么
站着照样可以睡觉
毕竟我走在通往故乡道路上

自留江湖

把你长短不一的诗句竖起来
列成一组梅花桩，连接桩顶上
那些小于脚掌的立足之地，就是
一片自留的江湖

腾挪于这样的江湖之上
被标点符号绊个跟头，或者
一脚踏在不着语言的空处
跌下桩来，也是常有的事

同在江湖，你我不是兄弟
不是仇家，无所谓胜败
无所谓生死，我们只是
共同拥有同一道伤口的两个路人

就像自己开垦的土地，自留的江湖
没有必要年年岁岁
种养剑气拳风，恩怨
情仇，荒上五百年又会怎样

只是，五百年中的某个黄昏
两支忽然闪出草丛的飞镖
就在火星碰出来的一刻，相互
认出了前世的对方，江湖如何得了

烧着纸钱取暖

早餐并没有赶到餐桌
啰里啰嗦的催促也没有照常开始
奶奶仿佛漂浮在另一个世界的寒流上
呼吸和心跳已经不知去向

原本祖孙相依为命的半个家
顷刻之间就变成了举目无亲的异乡
另外半个，三年来只是手机号码背面
内疚和无奈的声音

动用了从未用过的词语
加上哽咽的标点，终于对电话
说出了死亡。孩子开始害怕
怕黑、怕冷、怕传说中的妖魔鬼怪

在一个接一个的冷战里，孩子看见
有些生分了的父亲和母亲，还有自己
一家人身着重孝，在奶奶的灵堂里
烧着纸钱取暖

两只鸽子

两个月后，家里的鸽子少了一只
接着又一只也不见了
男人的鸽子只剩下两只雌的，天蒙亮
就在房檐下咕咕叫个不停

女人醒了正好给孩子做饭，喂猪
去忙地里的活儿。天越亮越早
女人听着鸽子的叫声一会在前
一会在后，就像打呼噜的男人

有时觉得声音是自己心里发出的
那些长着翅膀的东西
扑棱扑棱在体内乱飞。那天
两只雌鸽嘴对嘴换气

亲热得就像天生的一对
女人愣了一下，然后又叹气又摇头
女人打电话说，两只鸽子给那谁了
男人说该要一只公的回来
女人的泪水，抢在电话放下之前
涌了出来

雁阵犁开了春天

大雁擦着雁行塔冲出南山
播下了一年的雨水和闪电，然后
穿过太谷城越过乌马河
消失在平原上，那些盛大广阔的词汇里

与此同时，各色花朵嫩芽
陆续在不同枝条上集结完毕
盼望着中意的那阵微风。草尖生着痒痒
土地快要笑出声了

雁阵犁开的春天，一场美丽的暴动
已经酿成。而我什么也不做
蹲在姚家堡的一条宿根之上
静观那些未知的美好，恣意发扬

用方言说出感恩

纠结多年，远方和漂泊
终于在我的履历上交换了词义
结为连理，一再缩小的起点
中年慢慢放大成了归宿
就是乌马河畔的这一方水土
永远不能改变的精神籍贯
抚养着世上最明的月亮
什么词汇都不能言说
你深刻在我内心的美丽
就让我把水说成府（音）
把家说成归舍吧，故乡
让方言说出我的感恩
因为我是这块土地亲生，因为
这是奶水哺育的语言

白塔镇

过了秀水河就是白塔镇
白塔立在那里。是千年不灭的灯盏
支撑着世上最忧伤的一轮月亮

起点和终点相会的地方
是我做为一个人，直立起来
第一次踩着的土地，我曾经赤足走过

在白塔镇的街巷漫步、奔跑
都不再是漂泊，仿佛被方言拥抱着
那么踏实，那么温暖

潮前的盐官镇

江潮还没到来，盐官镇
是宁静的。曾经轰轰烈烈的潮声
此刻沉默为墙基
桥栏和铺路石，入籍在小镇

范西屏和施襄夏对面长考
十九路经纬的黑白世界
皇权王法不能抵达，微服的乾隆
凑过来，也是一个局外看客

从乾隆身上拔起目光
陈家洛向金庸望了一望，先生摇头
不语。故乡不似江湖
宁静才是最大的事情

古镇边缘处，有一份宁静
属于王国维的童年，这个
还是孩子的老人，翻动一次书页
镇上所有的柳枝都要摆动一下

海的骨头

很久以前离乡的海子
客死在他乡，骨头抛在了青海
那里的人叫它盐湖

运盐的人一直在打盹
老马自顾低头走路
呼噜声和马蹄声互不理睬

他们走在高原的烈日下
谁都不知道马车上载着
大海的一节腰椎

红型血

义务献血那次，我报出了
曾经写在军帽里面的姓名和血型
医务人员仍然
按照工作流程进行了确认

红红的血带着体温
充满血袋，就像是我给出了一块
生命的补丁，那么鲜活
只是不能补上任意的创口

排异反应，从来不在自己的战壕
发生，当兵的人知道
为了牺牲而流淌的铁质液体
有一个超出医学概念的共同血型

捡拾月光的人

在异乡讨生活，一个个
都是隐匿的拾荒者，他们悄悄地
捡拾散碎在身边的月光

斜照在大桥下面的
拖欠在烂尾楼里的
溶解在泪水里的、蛐蛐吟出了的

直到凑足完整的一轮
他们就会点开清风邮箱，发送到
留守方言的老槐树上

梨花落果

命中注定的相遇
梨花代替一场春雨落了，雨珠
停在树梢以下的空中

坚持在梨花站过的地方
酿造自己，从青涩到甘甜
直到盛满梨形容器

它们有的等到了爱梨的人，可怜
那些早熟或受伤的果子
跳下枝头，追赶梨花去了

梨花醉

付出了半生苦旅，长路
依然漫漫。停下来吧
原平到了，滹沱河畔
冬雪化成甘露，梨花就要开了

梨花一开，梨花酒就酿好了
在这春风里，一定
有一面老酒幌等着我们
梨花和酒，这里就是故乡

来一碗吧，漂泊的兄弟
梨花正好，青梅就不提了吧
喝一碗绽一树，干一坛开一坡
直到照见彼此的肝胆

直到，明月提灯找到两树
扶着清风走路的梨花
隐忍在我们内心九万亩的白
开满了视野

梨花白

在同川，面对十万梨花
我原谅了那场
一冬拖延不至的大雪，以及
常常不圆的月亮

十万梨花苍茫的白
需要一行白鹭修辞
一朵梨花隐忍的白
内心知觉的疼痛，不必暗示

梨花开，梨花白
仿佛找到了多年前私奔的泪水
梨花白，梨花落
我隐约听见骨头碎了的声音

灯光惊起了鸽子

深夜起来抄写经典的人
把湿漉漉的黑字写在白纸上
就像黑夜的碎屑
在光明的地方筑起楼阁
灯光惊起了借宿在阳台的鸽子
它要再找一块小小黑夜
做完剩下的半个梦
白日就是翅膀的梦乡了

暗恋之泉

一万亩秋色
更早一些就来到了这里，性急的秋草
大半已经黄了，寂寥之处
只有这眼温泉自顾汩汩涌流

温暖洁净的泉水，如同
一个倾诉者内心最深处
孤独的语言，始终保持着初恋的温度
不淫不枯，无怨也无悔

关掉镖局票号，做起了牛肉和推光漆
现在经营着旅游
十八里外，古城醉心时光炼金的营生
一个百年又一个百年

多少错过，平遥才知道

自己拥有一眼温泉亘古的暗恋

泪水养鱼

鱼儿们优雅的泳姿
与慢镜头播放的痉挛这么
相像。它们的嘴巴不停地开合
看不见它们吃下了什么东西
也听不到它们说些什么。一滴泪水
是它们栖身的容器，也是
游弋的海洋。用泪水养鱼的人
住在小区的最高层
他说这些鱼儿都是深海鱼种

雨点小僵鸽

不会啄食的时候就被人领养
再次回到出生的巢房
小家伙会吃人饭了，可是
没有足环，失去了赛鸽身份

主人训放其他鸽子，总是
带上小雨点一起，小雨点
一次也没有掉队
它回来，训练才算是结束

赛季，为了它能够
和别的赛鸽一样参赛。主人
为它申请了临时足环，小雨点
没有奖金只有赛程

最后一次飞完 1500 公里赛程
归巢已晚，第二天主人看见
小雨点头扎在小小的血泊里
翅膀展开，依然是飞翔状态

解剖得知，心肺都破了
以雌鸽身份参赛的小雨点
雄性的生殖系统，没有发育
死归，没有生理证据

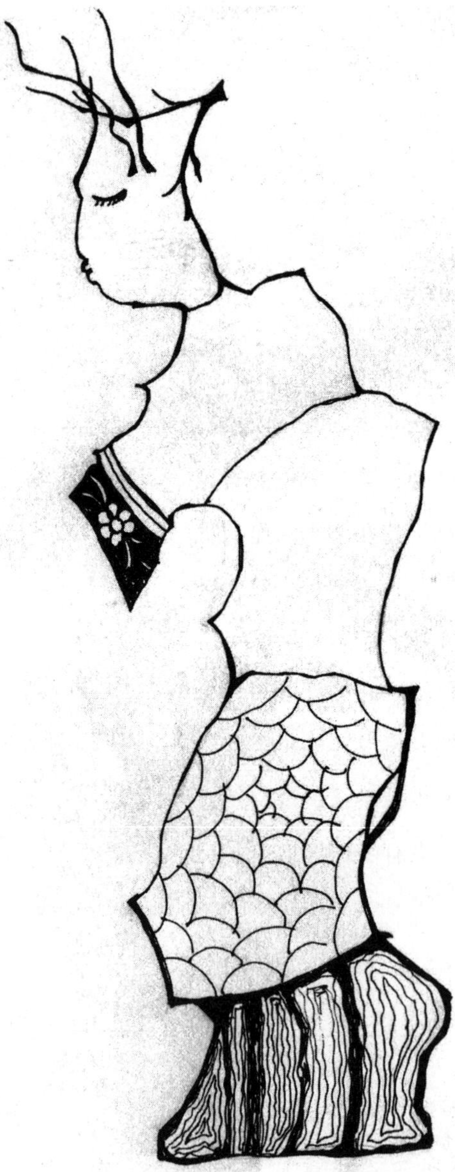

低处的光芒

深夜穿过人民广场
跨过地光灯的瞬间
匍匐的影子忽然跃起
扩放到黑魆魆的高楼上
比广告牌上的明星
和广场上的塑像高大了很多
低处的灯光就这样
把一个怀揣日工资回家的人
膨化成了广场的主人

黑龙峡有一条胡思乱想的鲤鱼

游历峡谷，通常都是从进入谷口
开始的。左峭右壁，中间
有一股或粗或细、曲曲折折的流水
头顶是挤扁了的蓝天

习惯了下游和开阔
行走在逼仄空间，汗毛也得趴着
我就像一条跳出鱼缸的鱼
钻进水管，朝着水塔方向逃逸

脚底踏着石化的水纹
让人感觉漫步在亿万年前的波浪上
那是时间的魔术。我还是那个
百无一能的家伙，一条只会狗刨的鱼

逆着水流一路游来，看到瀑布
黑龙峡之旅算是完成了，我将返回下游
而那条被比喻多次的鱼
应该是条鲤鱼，它才刚刚望见龙门

落叶秋风

几场秋雨下来
异乡人的衣衫更薄了。蛐蛐们
用残了小小的翅膀，将秋风
剪成一幅一幅的乡愁

裁下来的这些碎片
和漂泊的身影混在一起
凑成一阵吹向故乡的风
把裸露的鸟巢一一摇遍

琢玉师

追着一块在人间成玉的石头
他山之石转世而来
漂泊在人玉之间
不知不觉人成了玉的一件藏品
最终被琢磨下来的杂质永远收藏

山桃花开开开

不剪枝不施肥
节令一到，山桃花自己就开了

就像以桃花为名的女人们
在自己宿命里，谢了又开

就像，多年前殉情的姐姐
把心上的伤口向外开

整座山都快要碎了
山桃花疯了似的还在开开开

疼痛的猛兽

他的肋条扎成的笼子
寄生着以去痛片为食的动物
黑红相间的斑纹隐约可见
甚至还能听见，犬齿啃咬肋骨的声音

嚼去痛片的男人
小心翼翼用自己的嘴巴给它喂食
生怕发作起来
把深陷在皮肤里的那个人，生生吃掉

那天相约一起买醉
他朝我亮了杯底，泪水就下来了
“我他妈怎么还傻乎乎地爱着”，原来
爱是疼痛的猛兽

疼痛这么明亮

麻药慢慢消退
留下尚待愈合的此岸和彼岸
多年来沉没在暗处的咸盐，醒了

一盏灯，找到了遗失的光芒
还有属于自己的黑暗
看见了黑夜里的挣扎

生活失去了的真相
从崭新的伤口里再次说出来
疼痛这么明亮

父亲的右脚

父亲的右脚辞别道路，退出了
人生履历的续写。这只右脚
本来应该和另外一只
不分彼此，共同支撑生活之重
走过。因为出身，父亲走路
总是左步右趋，诡异的行走方式
走过了那个怪异的年代。后来
这只承重脚，承受了糖尿病的溃烂
与父亲诀别于一次骨肉分离手术
余生要靠一只左脚匍匐度过，父亲
再也不必担心走错了道路。先去
的右脚仿佛是一生谨慎的父亲
派到时光的另外一面探路的
疼痛，是幸存的那只左脚
听见了时光背面传来的脚步声

放手吧，父亲

一双无形的大手，搬空了
你的心跳和脉搏，以及你
已经用了五小时十四分的这一天
谁也不能将他阻拦

就像被两个世界的便门
夹住了，你的右手伸在外面
我知道你在等，等我这个
长子。就在我拽住的一刻
你还微微握了一下，用尽了
你坚持的最后一把力气

同在这间老屋里，我能看得见你
你却看不见我了，仿佛
你见到了光明，我却在晦暗
虚无中挣扎。遭遇生死切割

骨血相连的两个人，顷刻之间
已是此岸的孤泪，彼岸的萤火

放手吧父亲。松开血脉上
一世的父子结，完成注定的
死别生离。我还得继续
委身尘世，撑住你的躯壳
为你烧香添土，看你点亮星星
继续你没有做完的梦

玉　痛

杂质的暴动，使得石头中的贵族
一溃再退，已经
只剩下轮廓里的一寸国土了

这些被琢掉被磨灭的部分
自古视为瑕疵的成分
仿佛雾霾，一夜之间竟然成了气候

杂质横行的当下
一块老玉的存在
就像这个时代一个明显的痛点

石狮归来

一只狮子失踪了，消失在重金属时代
唯物唯欲的茫茫人海之中
人们怀疑，这只不会捕猎的母狮
被穿着衣服的动物吃掉了

不久这只狮子居然回到了原籍
去来之间发生了什么，没人知道
可怜的狮子也不知道，自己
是怎么闯过了道德沙漠和欲望沼泽

现在这对原配狮子一左一右
蹲在祠堂门口，就像一对患难夫妻
不进不出，不离不弃
任由时光慢慢地将它们一点点做旧

采风记

长久流浪在平原上
累了的秋风化身为爬架的豆角
带壳的落花生
以及红甜绿脆各色果蔬
闲等在农家园里

来自晋中和太原的采风人
个个平仄有韵
他们把一个深深拥抱
约定在黄彩
就像两阕真情文字
约下了将来的篇章

沽干三坛老酒
有人心疼起了晋风
这个走失在《诗经》之外的孩子

恍惚有人声称

想要筹到百年光阴

抚养这个浪子重新长大

沉溺者

你看，小雨里的这个城市
多像是一条沉船
许多人持有船票，却没有人知道
它将驶向哪里

雨脚踩过你的头顶和肩膀
脚印那么新鲜。你是一个沉溺者
沉溺于高度，沉溺于泪水和汗水
以及无限的欲望

身在低处，承受着高压和低氧
就像负海拔下求生的虾蟹
拥有强大的内心，你还需要
再将皮肤进化成骨头

习惯将浪花认成白云，相信
桅杆钓到了彼岸。你
就是那条咬着钓钩的鱼，正在
一段虚无的鱼线上，挣扎上升

赤庄的雪

小雪大雪小寒大寒，冬令
全部行过了，一场本应普降的冬雪
始终没有下来。赤庄病了

感冒、炎症伴随着难以言说的疼痛
迁延不愈。空中的霾和过剩的内热
都是已知的病因

一场好雪就是一副济世大药
这个温暖冬天，那些洁净清冷的花儿
却在深不可测的天机里隐匿了芳踪

直到过了立春，赤庄才见到一场薄雪
乡亲们把雪花掬在手里，埋在脸上
任融雪把自己慢慢渗透

苹果郊区的虫子

在一只苹果的郊区，绕着
外环路亡命一样奔跑，一条虫子
崴伤了六只左脚

一朵鲜花长成的城市，教堂
传出一阵甜蜜的钟声，虫子
和上一阵痛苦的痉挛

这是一条彬彬有礼的害虫
最后一队大雁已经撤离了，它
依然独自露宿在城外，等待签证

二亩三分阳光

乌马河畔忽然起飞的鸽子
展开了平原，楼群隐隐约约
姚家堡更小了，三叔蹲在地头
目光像退掉了电池的电筒

眼前这二亩三分阳光是他的
在夏天是麦子，在秋天
就是高粱和豆子，以及
房檐下大串大串的红辣椒

秋收过后，就着辣豆腐
抿二两高粱土烧的日子没了
甚至身后的三尺黄土，一寸不留
二亩三分阳光不知将照在哪里

草帽扣在新打的界桩上
晚饭时分公共的晚霞裹挟着三叔
他也许明白，唯一不会被征用的
只有这一把泪水了

风和火

一阵东南风穿过整个平原
和低头行走的人们
呼啸着，扑向
麦场上着起的熊熊之火

遭遇这些嗜火成性的动物
我意识到，内心小小火苗
引来的风，此刻正在经络上游走
疼痛就是燃烧

同处体内的风和火，合谋
酿成了一场火灾，不难想象

有时候莫名的风起于毫发，仿佛顽童
带着火种，溜进了麦场
一场虚无的大火
即将燎原，我们却一无所知

初吻甘草味

午后树阴下，两个打猪草的
初中生。一个是我要吃你嘴里的
那截甘草，一个是你低着头
一次一次把头发绕上左手食指
又一次一次松开

你的沉默鼓励了懵懂的我
事发之后，你的脸埋进臂弯
哭了笑笑了又哭。我
慌慌张张，像个被抓住的坏分子
初吻来不及回味就没了

漂泊在滚滚红尘中，常常
忽然想起故乡，想起那棵槐树
树上住着喜鹊还是乌鸦不记得了
两筐猪草那么新鲜，初吻
散发着甘草味，等在那里

谷　子

如同阳邑是太谷的根须
在杏林，我也算是一个
有根的人。细嚼着阳光
和泥土的滋味，原林
我想告诉你，我的感动就像
地里这些熟透了的谷子

黄崖洞是太行山的嗓门

没有消息树，没有岗哨
不要路条不问口令，更没有扫荡的鬼子
观光或者缅怀，人们轻轻松松
就能穿越七十多年的时光

高悬在峭壁之上，洞口张开
黄崖洞就是太行山的嗓门
它有八百里的声道，最后的吼声
就发自太行山脉的丹田

抗战年代，作为兵工厂
黄崖洞制造一百万杆枪，每一个枪口
就是百万分之一的黄崖洞，每一颗子弹里
都装填着一声民族的怒吼

现在的太行山，是一处爱国主义风景
黄崖洞少了些铁血，多了一份抒情
因为当今的红色中国
早已没有胆敢来犯的敌人

恢河伏流

幸有一块知情的石头留守
这些汩汩而出的河水
才没有被误认作涌泉

奔向桑干的恢河，紧贴着
朔州大地流淌，经过几米落差
本应是一幅快乐的小小瀑布

遭遇了堰坝，恢河
呈现了一段隐忍的留白。伏流
是妙手点出的诗眼

一条河对于一块土地的爱
除了曲曲折折的流淌
还有深藏在内的部分

注：‘恢河伏流’是朔州十景之一。

羊群回到将军寨

丢下老羊户和他的半曲小调
兴奋的羊群抢进了一道门
羊蹄踏着卵石，声音回荡在瓮城
仿佛一哨铁骑，从岁月深处归来

小解完毕，护羊狗追进二道门、三道门
羊群已在点将台。紧接着
总兵院、提督府七只、八只、十九只
四散在将军寨的暮色里

接不上剩下的半曲小调
老羊户开始把夜往深里咳，护羊狗
时不时对着山影吠上两声
也许有一只羊会梦见，自己钉上了马掌

咳嗽的三轮车

咳咳咳的三轮车突然停住
好像一声更大的咳嗽卡在了半坡

两只白眼睛从车上下来，点着
一支烟，开始一声接一声地咳嗽

三轮车受到了传染似的，有了声响
然后开始喝水，他自己也喝了一口

深秋的山路上，一堆煤炭抽着烟
拐过弯看不见了还在咳咳

抗战的石头

抗战往事里，弹雨中
很多战士流尽鲜血
化成了石头，更多石头充满热血
冒着敌人的炮火飞起来

这些大大小小的石头
都是太行山一脉
都有匹夫的血性和卑微的海拔
它们集聚成雄峰峻岭

七十多年前正是它们
连绵而起，壁立于敌寇面前
巍峨在存亡关头
撑住了天的圆、地的方

这些石头将硝烟养成了白云
鲜血育成了花朵
七十多年后的今天，它们
一块也不少，都在太行山上

牵 挂

黄昏过了乌马河拐进了堡子
就成了黑夜，晚风吹着麦苗
匆匆赶往谁的梦乡。祖母
已经很久没有来过我的梦里

这个将米汤用作奶水的老人
留给人世的最后一句话
是我的乳名。祖母让我
学会了牵挂另一个世界

打开姚家堡一样大的耳朵
倾听一个老人苍老的方言
呼叫我乳名，今夜浮光不许挪动
祖母梦里正在进行的细节

同胞城市

好风结伴，行走在两山之间
看见两个亲密城市，手牵着手
那是晋中盆地生养的两个孩子
哥哥是太原，弟弟叫榆次

他们操着同样的方言，总是
喜欢吃面的时候，倒上老醋
节庆宴席总要点上一盘饺子
偶得小醉，贪杯也是因为汾酒

不同季节，大街小巷流行着
同样的款式和色彩。一场雨水
同时为两城市的麦子灌浆
地里的玉米，会在一个农时里成熟

潇河汾河都是黄河血统，太原
榆次都在同一座祖祠里拜祭
它们在同一片星空下，做同样的梦
就像兄弟盖着同一床被子

同一穗玉米

大片大片的玉米，沿着
太榆路疯长，到了太原柳巷
就熟了。卖嫩玉米的人
头也不抬，只顾
把钱收进口袋，然后
再把热腾腾的玉米递出来

我蜷曲在车里，馋得
就像一条饥饿的害虫

返到榆次，在粮店街
买到一穗煮玉米，我边吃
边说，没有太原的好吃
卖玉米的人抬头接话说
“不能吧？一样的种子
同样的地脉，不可能”

一时间我有些恍惚，感觉
这个卖玉米的人，和那个
卖玉米的人，一模一样
也可以说，我吃到嘴里的
始终都是同一穗玉米

泪水里飞翔的倒影

湿地的上空，空空的
白云白得有些累了，趴在水底
和虾蟹纠缠起来，荇草
不时挪动一下风向，然后久久地沉默

忽然出现的白色大鸟，缓慢地
飞进了视野
没人知道它从哪里来
此刻偌大的天幕上，它是唯一的舞者

沉重的暮色压低了飞翔
潜游在姚河里的倒影，快要射出水面了
一双翅膀还在不停地挣扎
谁也不知道它要飞向哪里

忍住这些苍茫莫名的泪水吧，我的梦乡
就是一块辽阔的湿地，足够
那只白鸟和它的倒影面对面飞上一夜
直到影子长出羽毛

温暖的背影

归途路过旧庄
我看见，雪地里一堆一堆的玉米秆
拥抱在一起，互相取暖

农妇踏着积雪
走向那堆玉米秆，就像
跃上白纸的一个黑黑活字一闪而过

它们交出了曾经的绿色和粮食
坚持着土地的黄
内心保守着一苗小小的火焰

再次回头时，雪晴了的天空
淡淡的炊烟潦潦草草
仿佛一季庄稼最温暖的背影

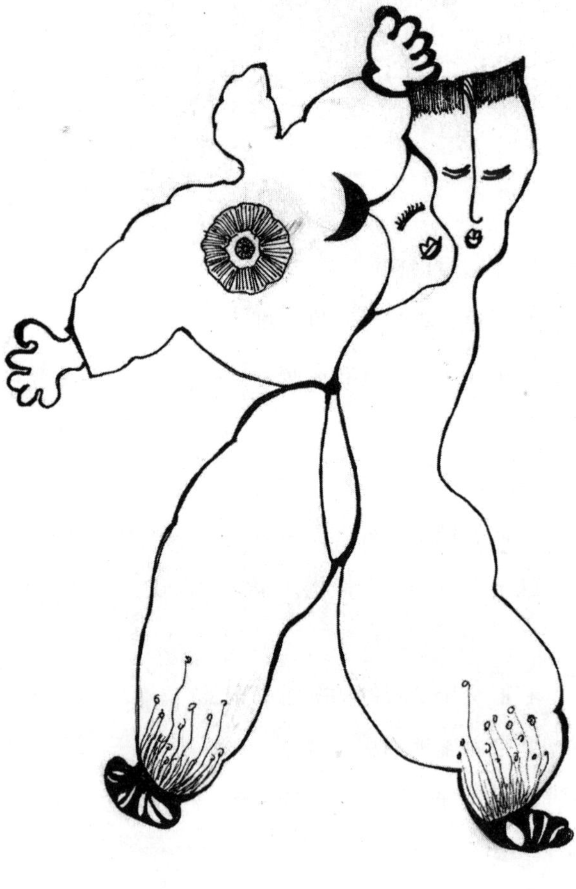

梦　见

这一次，父亲托在梦里的
只是他轮廓的线条，样子
跟宗谱上线描的先人们差不多
只是他开口说话了，他严厉训斥了我

醒来以后，我怎么也想不起
因为什么事，训斥了我些什么
心里实实在在的歉疚
仿佛是为将来错误预支的

中年以后，随大流走路
照着报纸说话，已经把自己训养成
一介顺民，卑微到
想犯错误都是奢侈的事情

“我为谁心怀着歉疚”
委身生活，沉湎于欲望
众生都是当局者。应该另有一双眼睛
就在人间的楼上

相　认

这个无聊的下午，那只铁胆
准确地找到了我的脚趾

父亲的两件遗物突然遭遇
我们相互认出了对方

疼痛照亮了那个沉默不语的人
他在我身体里站着

新日历

旧式月份牌，印上了新的日子
雨水惊蛰依序排列

谁先开花、谁后结果
在时光尚未到来之前已有安排

与命运结伴被岁月驱赶
预设的都不是奇迹，不指望惊喜

只求泪水流下来的时候
也同以往一样，不要发出声音

大树那么巨大

巨大的香樟树，大过了
人们见识中的任何家具
和关于香樟树和香樟林的想象

怎么长到了这么大
没人知道，肯定与植树节里
那些自以为是的人们没有关系

历朝历代都有伐木者
小小树苗活到现在还长成森林
它们应该是一直在天道上行走

寻血记

常被一些浮上纸面的零星文字拽住
它们携带着祖父的信息

祖父就在这些支离破碎的卷宗里
走着中央军校正规的操步
带他的队伍，经营着根据地
敞开中条山战场上获得的伤口，流血

原来，曾经在抗日战场慷慨抛洒的
就有我这一脉鲜血。感谢汉语
他们的体温、脉络让我
找到了祖父，找到家族血流归属的心脏

此刻，我要把一腔热血输回 1941 年
接通祖父，任他尽情挥霍

盐官镇看潮

人潮总是在江潮之前到来
毛泽东主席用一首七律诗
占据了一个时代的观察角度
徐志摩和胡适他们基本上
是以文人情怀看民国的潮水
那棵空了心的老朴树
是乾隆皇帝一手栽培的观潮者
还有面朝江水的观世音
他们看出了什么我不知道
我只看见太阳下流过的江水
月亮圆了的时候又流回来了

一个盲人在鹳雀楼上

一个盲人在鹳雀楼上
感觉自己伫立在唐朝
以王之涣的眼睛在眺望

他看见黄河闪烁着他的目光
悠悠入海而去
峰峦不能遮挡

他看见西山迎上半空
白日带着他的心跳
从容行走在天上

这些飞来飞去的鹳雀
被他想象成鹳雀楼上栖息的眼睛
远方是它们唯一的食粮

老家雀

我看见老家雀在草丛和烟囱之间
飞来飞去，日出日落时分在树上
举行宗教仪式。我听见了墙隙瓦缝中
它们的孩子要食的叫声，以及它们
对人类公开的谈话。从没见过
它们在空中交配，也没有遇到它们
飞过头顶时，鸟蛋从天而降

乌鸦是天使的影子

乌鸦是天使的影子
看见乌鸦飞过，就是天使
向着相反的方向在飞，有多少天使
就有多少乌鸦

慵懒的一只蹲在灯影里
偶尔一动灯苗里的天使
就不停地摇晃，灯苗熄灭了
它就落在灯头上，一动不动

最要命的是，落日
低过树梢的一刻
天使们集体堕落，一树的乌鸦
哇哇地飞起来仿佛太阳的碎片

雨刮器

小城急就的小雨，仅够一个男人潸然
隔着玻璃两只手挥动，就像我
这辆旧车上忽然恢复功能的雨刮器

驾驶着自己离开自己，一场
未经预报的小雨，仿佛从来没有下过
可是雨刮器，怎么停不下来

中国钥匙

那些用镰刀斧头
标记沸腾热血的人
用他们的思想和主义
制造了一把钥匙
旧世界的锁链
就再也不能把他们禁锢

更早的一百多年
这个引领世界文明的国度
反锁了自己，那个时候
中国需要一把把钥匙
打开自己
打开未来

九十一年前
南湖船起航的一刻

中国人有了这一把钥匙
民族独立之门打开了
新中国之门打开了
开放之门，复兴之门
一一打开

2012 年 11 月 8 日
是一个时间的锁孔
中国钥匙将第十八次转动
一个崭新中华盛世就要打开

老西街

天上含金量最高的阳光
全都泼到了这里，天一黑
阳光回到账房，就写成千斤万两的数字
懒洋洋地趴在了纸上

这条街道很牛气
志诚信汇通天下，做着皇家生意
也就只有十来八步的门面
数尺大小的招牌

除了生意人，人群里政客、军头
骗子、劫匪什么的都有
唯有生活在这里的平常百姓
不是为钱而来

鼓楼往西，西门以里

写在洋人书里的“中国华尔街”

太谷人说

华尔街才是“美利坚太谷街”

走在更名的街道

街灯的眼神那么陌生
柳树变成了法桐
十年前的故事
再也无法找到青涩的开始

一个人走在更名了的大街
就像流放在灯光里的一块夜色
泪水淌过嘴角，淹没了
十年后还想说出的语言

走在黄榆岭栈道上

来自山西天空的一滴雨水
在我的脸上叭了一口
然后落向河北地面，这个上午
我被两个省的同一滴雨水打湿

头顶是山西省界
脚下是河北省界
还有峭壁上的栈道，高度不同
印在地图上却是同一条线段

不是高原也不是平原
不在山西也不在河北
行走在黄榆岭的栈道上，仿佛
空悬在概念里，没有了自己的位置

注：黄榆岭系太行山山脉，在山西省和顺县境内，与河北省相邻。

左 权

左权，一个出身黄埔的战士
一个走过长征的男人
和一群不愿意做奴隶的人们
战斗在 1942 年

辽县地处太行深处
那是一方贫瘠苦寒的水土
他用油灯和小米
喂养着根据地的一杆杆步枪

十字岭上，邪恶的十六瓣菊花
绽开的瞬间
是 5 月 25 日 5 点 20 分
硝烟遮蔽了落日，大山一阵颤抖

将军倒下了，倒在了

战斗的位置上，一腔热血
连同三十七岁的姓名
倾注在了这块不屈的土地上

一个战士，和一县国土
就这样融合了
在中华民族最危险的时刻
在血与火的考验面前
此后，新版中国地图
把一方叫作左权的河山
紧紧搂在怀里
就像找回了失散已久的孩子

丁酉献诗

怀揣大钟三声
从福缘寺盘山而下，走向
妻儿老母守望的灯盏
鸡年未知的旅程，就这么开始了

将出山门的一刻，万家灯火
和着爆竹扑面而来
仿佛全人类的温暖
把我融化，成了一滴炽热的泪水

盛大的人间，我
却仅有“如此卑微细小的爱”
幸好有诗歌，幸好还有
姚家堡和福缘寺，在诗句的两端

三月十八日看桃花不遇

一场浩大的盛开，还在一趟慢车
含苞大睡，情急的爱花人
已经冲到了时间前面，只有
一树抄着近路开放的山桃花，立在门口

这个时节看桃花，心绪必须慢下来
必须耐心地，跟那些已成文物的农具
了解庄稼的秉性
聆听老磨石碾讲述光阴的故事

其实我知道，早有十万亩桃花
开在每个人心里，灿烂得
已经控制不住了，很快就会开到眼睛里
灼灼在太谷美宝山庄

三叔在刨树根

在秋后的田野找到三叔
他从土里抬起头来，就像
忽然长出了一只会说话的南瓜
一镐一镐刨开根上的泥土
他要挖出这个树根
晒干水分，弄回家去当劈柴

树是他在青年突击队种下的
那时挖坑是要树根扎下去
为了让它们成活，还要浇水
长到椽子粗的那年
三叔在赁来的房子里
跟地主成分的三婶成了婚

现在这个树根比大梁还要粗
最外一层年轮应该是 2009 年。

大年初一接神

小的时候过大年，祖母
总是首先捞出五个饺子，供献在
写着‘天地诸神之位’的黄裱纸前
仿佛，那张经过折叠
直立起来的黄纸
具有高于平凡生活的威严

母亲接神的那些年，温饱
已经不是问题了。她上的供果
年年升格，亲手制作枣儿馍馍
越做越大，越蒸越白

妻子的接神仪式
模仿自我的母亲，有所不同的是
她把祖母和母亲用方言
默念的祈告，用普通话诵出了声来

敬畏天地神灵，感恩生活
弓下了本就卑微的身躯，还要
磕头在地，她们甘愿把自己压到最低
一年一年亲人们就这样过年，还将
这样一年一年过下去

初二，上坟

初二上午，城郊道口陆陆续续
都是出城上坟的人们。他们
在茫茫四野中，找到先人埋骨的地方
祭过后土，然后
焚香、上供、奠酒、燃纸，最后
给每个坟头都磕上四个响头

他们相信，流过人间的时光
还会流淌在另一个世界
逝去的亲人们还会在那里
继续生活。这些烧掉的纸钱
到达亲人手里时，就会
变成真金白银

大年初二，看见那些衣着簇新
裤膝、额头上沾着尘土草屑的人

那些神情凄戚、眼角留有泪痕的人
不必多问，他们都是
太谷这方水土上生息的人，他们
刚刚给故去的亲人拜年回来

末日书

频频遭遇抢购蜡烛的人群
我相信了世界末日的存在
一个在时间的终点，另一个是阴影
在杞人们的精神底片上

“有多少需要救赎的人”
未经洗礼，没有度牒
自知是一堆愚顽俗物，是那个胆敢
和母语共存亡的人

用这个最长的黑夜，守住
命名我头发和眼睛的词汇，希望
末日过后，这些文字在我白骨上
被新的人类发现

危险的手艺

这一次诗人选择了
饿死自己。认真叠好的衣服摆放在一边
寓意赤条条地去了

可怜的诗人们
总是能够剔开肉体和精神，将自己分成
互为痛因、相互绝望的两半

在羔羊和屠夫两个身份之间变换
总有被自己卡住无奈，自主选择结束
算是宿命还是宿命的对抗

天地不仁，尚且不给刍狗们
杀戮自己的能力。写诗这门
无用而危险的手艺，是由哪里传来的

沉重的棉絮

这几坨棉絮，几天前从棉衣上
到达了杨靖宇的胃里，后来被剖了出来
岸古隆一郎双手沾满鲜血
“一天之内苍老了许多”

御寒，充饥，直到成为
一种精神强大的实物证据
几坨棉絮在 1941 年的简历，居然还是
一道刽子手永远解不开的难题

研究多年，岸古隆一郎崩溃了
他在遗书中说，天皇的战争
是错误的，还谈到了杨靖宇
最终把他压垮的那几坨棉絮，未被提及

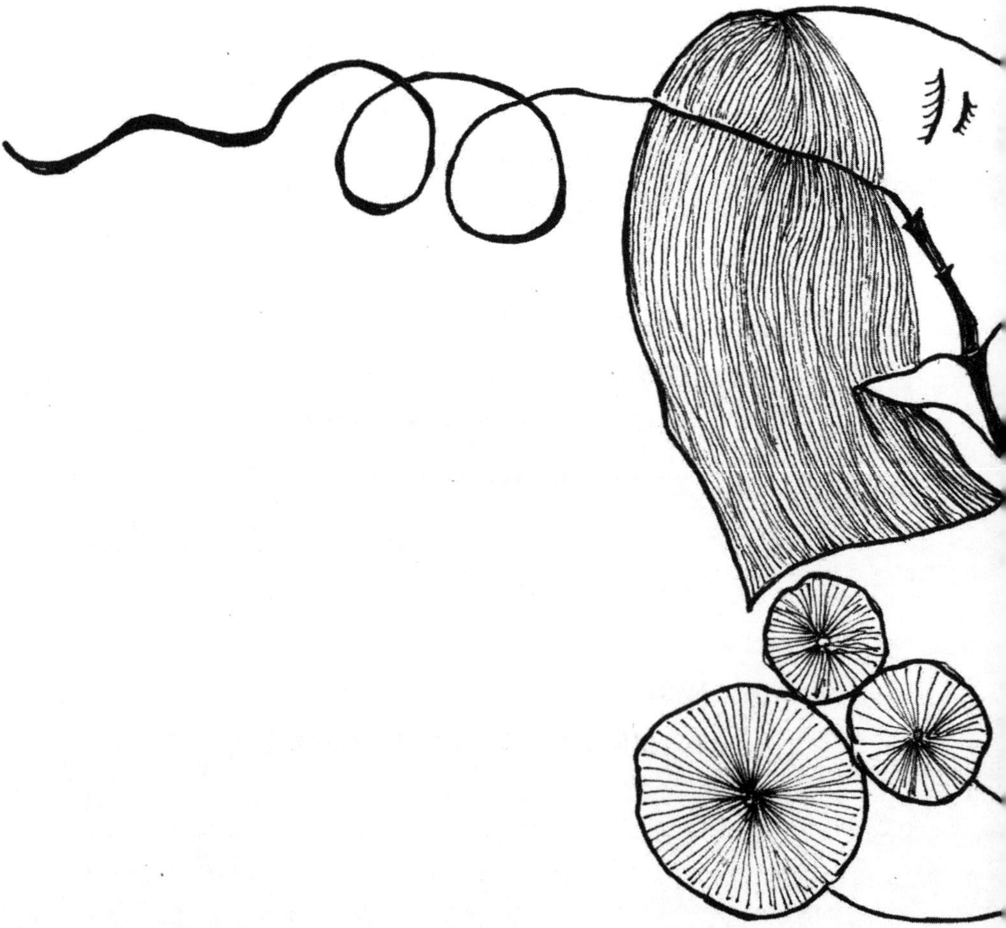

冥　缘

赵二花退掉客居了十九年的尘世
抛下一只空空的药瓶
悄悄地离开了，她表哥的同学
吴来有操办了后事

为了半份感情，吴来有
醉驾着自己撞出了人间，时年
二十九岁，他来到殡仪馆时
赵二花等在那里已经三年了

“生命之和还不够金婚的长度
给他们配个骨亲吧”，八字一合
居然是上等姻缘，仿佛一件信物的两半
在阴间对上了

骨灰葬在一起他们成了婚

收了香供纸钱，也不托个梦回来

或许绕不开天定的什么吧

反正来过人世的人，走了就不再回来

悼拳师

忽然跃起来的影子，还是
没能搀住他的主人，这是 7 月
23 日 7 点多发生的事情

一个形意一辈子，难求一败的人
最终倒在了自己的影子里
然后悄无声息地沉没了

感觉天塌了的一刻，天堂
真的低了下来，你就这样
收起脚步，静悄悄地去了

仿佛化成了一股气，暂时
在一部经典里小憩
或者行走在谁的某条经络上

墓 碑

隐匿在石头里的一块墓碑
方方正正地踱步而出
就像这个上午一坡寂静的阳光
来自一场绵绵夜雨

隔了一场大火，这块含铁的石头
变成了錾子的前世，锤子
也是一块块石头的来生
叮叮当当今生与前世的语言

吹开“先妣”两字上的沙土
凿石的人停了下来，沉默
他看见石头里老人干净的名声
就晾在这块石头上

牌　坊

东陈村唯一的石质牌坊
是大清国乾隆年间
为了表彰族中一个女人的孝行建立的
坐落在李氏祠堂门外的场上

牌坊的上面做旧的部分
结构严谨，做工精细
透着传统文化的自然和雅致
只是浸入石头的污渍，再也无法去掉了

基础是修补最多的部位
新的石料、新的凿工粗糙流俗
加上邋遢的灰浆，就像大户人家的小姐
趿拉着一双塑料拖鞋

解说员准确地说出了初建
和重修的年代，却有意无意地忽略了
这个牌坊是什么时候
什么人为什么毁掉的，这个关键细节

在此只能记作：此处删节了
一场微型的文化革命。毕竟
今天还有一个半旧半新的节孝牌坊
立在原来的位置上

失语的曲线

大雨过后，几块残碑白生生地显现
像是岁月的遗骨
每一块都有曲折的边缘

可以肯定，有一股属于人类的力量
沿着这条不规则的曲线
从这些石碑上扬长而过

成篇的文字永久地失散了
偏旁部首一如意义的残肢
遗落在这条丑陋曲线的现场

将思考托付给文字
再将文字托付给石头
先人到底有什么，要对后人诉说

零刻度目光

给仰望加上刻度，目光是
天圆的半径
给远眺标上里程，眼量
就是地方的边长

这些高远的事物
只有鹳雀楼的眼量才能测量
楼高万丈，最高的一层
永远保存着零刻度目光

樟木箱里的小镇

客家小镇樟木头
就像一只活的樟木箱子
里面存放着寻常百姓
世俗平淡的生活

这个小小的世界
炊烟就是炊烟，一声犬吠
仅是一条狗叫了一声
在这里，事物只有自性

箱子里的时光，可以
溪水一样四季流淌
也能整日陪伴一把茶壶
打盹、枯坐

走在四季里的人们

怎么进来的又怎么出去了

小镇淡淡的香樟味

不生不灭，不增也不减

麦收之后

麦收之后，四野空空荡荡
日头直勾勾盯着裸露的田垄

若是没有翅膀提醒，风
呆呆靠在界桩上，不知吹向哪里

一根麦芒找到了遗失百年的伤口
隐隐地向深处移动

冒名顶替

偶遇主动搭讪的老人
他说：老姚你多显年轻。在他
昏花的眼睛里，这轮廓、神态
属于他的一个故旧

我的父亲，穿越生死
回到了人世，就在
这个躯壳里。姓名就是
随便剥了贴上的标签

那个挣扎的人是谁？这些
疼痛和绝望都是谁的
久久苦恋的那个人，是不是
也被冒名顶替了

倘若不是一声“爸爸”惊动了
端坐在我心中的父亲
我真的不知道，今夕何夕
我是谁，谁是我

姚家堡的诗人（跋）

周所同

A. 诗人姚宏伟约我为他的诗集写些文字，我不能不识抬举，便应下来。之前，读过他一些诗，也有过几次接触，印象挺好的。而系统地读这么多诗还是第一次，他把金贵的东西给我看，除了信任，或许还有期待；于我而言，借此加深了对他的认知，余下的则是很沉的重量；一句话：是他的托付与我力所不逮加起来的那种沉，我只能不敢慢待又深感吃力地担起来。

B. 时下，为数不少的诗人喜欢喧闹，唯恐不著名，热衷于把诗人头衔冠以重量级称号，似乎愈大愈玄，则可进入文学殿堂或青史留名；姚宏伟不是这样的诗人！他爱诗，爱得又静又慢，不事喧哗，不计名利，更不论得失，这恰恰应和了诗歌最本真、内在的特征；他喜欢养鸽子，练拳法，钻研中医药学；也喜欢抽烟、喝酒、广交朋友，重江湖义气，如果对了脾气，或者路见不平，也会拔刀相助；作为一个自由职业者，他要为生计奔波，好比负重而行，生存的历练，滋养了他济世济民的情怀；而天性中不拘一格的自由，人性深处温暖、善良的悲悯，生活中甘愿看轻自己、看重别人、且低些再低些的姿态，正是怀抱着这些与生俱来的美好品质，他行走于世并遇见诗歌，是十分自然的事情。可以说，他的诗歌一开始就建构在坚实、稳定的基础上，与他的生命、生活背景密不可分，其诗孕育、生成的秘密或许还有许多，但内心的爱与善与锦绣一定不可或缺；我之所以称他为姚家堡的诗人，不是为其划地域，也不是强调什么本土写作，是想说出他诗歌的源头和根，是告诉别人也告诉自己，诗人不分大小，能写出好诗更为重要！姚宏伟就是一只“倒飞的鸽子”，他背着天空掠过我们头顶，悠扬的鸽哨传来，是飞远还是飞近？读过这首开篇之作，相信每个人都会吃惊，都有异样感觉：这个平时大大咧咧，行事粗犷豪爽、未见其人先闻其声的汉子，内心竟然沟壑纵横，对世事人生有这等深刻的认知与概括，不足10行的诗里，智慧而巧妙地对当下社会存在的普遍现象，以及人们盲目的追求，提出质疑与拷问；而一直向前的速度与倒飞的鸽子是诗人瞬间的物理感觉，他机智捕捉到了，并以此构建出类似哲学中的悖论，由此，“我究竟需要什么？”不单是自己的设问，而是对时代、社会、人生的某种偏离和失措，表达了他的忧思和担心；这是一首既有文本意义，又有美学精神的好诗，似乎被他毫不费力写出来，看得出，他是文功武功兼备，谁小觑了他，等于首先小觑了自己啊。

C. 接下来，如果继续寻章摘句剖析一首诗，以此解读这位诗人，这是大工程，我身单力薄，怕是累死也做不了，留给理论家们去做更好。我是懒散闲人，只能一边读一边记下片断感受，相当于与诗人姚宏伟在纸上交谈，至于他是否认可，我就不管了。但我不掩饰自己很喜欢他和他的作品，因为，他的诗与人是一致的。人品之清浊决定诗品之高下，这是衡量一个诗人真伪的标准与铁律；当一个诗人的作品上升到一定高度时，其人格的魅力和特点必然凸显出来，成为创作的主导力量，以及充沛的元气；所谓“江郎才尽”之说，正是人格乏力所致。至于才华、技巧或语言，这些为诗的因素，当然重要，在某个特定阶段，也许十分重要；如果比喻，这些因素是审美的肌理，而支撑一首诗的独立，一定是诗人的人格和灵魂，这是不应质疑的。显然，在姚宏伟的作品里，我们都能读到他的存在，都可看见他的影子，甚至，从他一隐再隐的语言秩序里，他个性十足的样子，还是毫无遮拦地跳出来，大家看见他，认识他并记住他，就毫不奇怪了。

D. 张扬或歌颂生命力，是诗人姚宏伟这部诗集的主旋律。是有意还是无意突出这一重大命题？我未及与他交换意见，凭直觉或阅读经验，他的抒写正是源于内心的渴求与向往，是他旺盛生命力的自然流露，诗中的情感、思想、物事，与他的血脉、呼吸、体温、气息紧密相连；打个比方，这样的诗一定是具备了充沛的诗意和盈余的发现，无论再造的过程是平坦的，还是曲折的，必然存在或生成某种能量梯度，诗意的输出或接受始终处于动态平衡，才会形成从高地向低地流淌的景观，就像一条河流从悬崖跳下来，就是瀑布，是令人心跳的深渊，也则不再平庸。这样注入强大生命力的诗篇，在这部《倒飞的鸽子》诗集里比比皆是：《姓名》里的逝者，宁可将名字丢在荒野，也不愿被命运再一次捉弄；“风把它们种在哪里 / 就在哪里把自己养大”的《灰条》；“烧掉的树根 / 还会在烟囱上再次生长”的《烟囱里的树》；“仿佛爱必须从一个更大伤口中说出”的《蝉蜕》；还有“一路向海东流 / 在身体里是骨头是血液”的《我的乌马河》；“抱着一座荒山 / 没头没脑地啃着”的《愚公的蚂蚁》。这类作品还可举出许多，其核心意旨、审美趣向、精神气象，包括哲学背景，都被某种强大的力量笼罩和推动着前行，直至抵达能够抵达的高度与境界；此外，收在这部诗集里作品的另一翼，则指向乡愁这一永恒的主题，诗人姚宏伟对此作了动情、温暖、感恩且略带伤感的吟唱；相信有同感的读者，一眼就会认出，恕不一一列举了。

E. 在我的印象中，姚宏伟是个突然冒出来的诗人。一露头就下雨刮风不同寻常，形成不小的气候。在此之前，他做了什么功课？如何修炼？又如何披挂上阵？我知之甚少。第一次读到他的作品，就是发在《诗刊》上的作品，起点不谓不高，与他相比，除了羡慕，剩下的就是遗憾了。我的诗龄堪比他的年龄，他却写得这等好，而我笔拙才枯，这该到哪里说理去呢？最后，想对姚宏伟说的是，爱上诗绝对是一种幸运，坚持下去则更为重要。我曾这样描写诗与诗人：“仿佛一对夫妻 / 一边争吵一边把菜夹进对方碗里”。倘能陪伴一生，该是多么美好！

拉拉杂杂说了这么多，大约是有用的少无用的多，只要不伤别人我就知足；知道姚宏伟是围棋高手，下棋讲究地势平衡，和谐为要，写诗一样如是，视和谐为最高境界，那么，姚宏伟作为形意拳的弟子，从字面上理解，似乎也有不事击打、即可制胜的意思，看来，对立统一的辩证法，存于万事万物之中，而触类旁通，姚宏伟写出这么多惹眼的好诗，说不定与他涉历爱好也有着密切关系呢。总之，他是值得期待的诗人，相信他会写出更多更好的作品，从现在开始，我就在等待了。

2017 年 4 月 9 日于北京

图书在版编目（CIP）数据

倒飞的鸽子 / 姚宏伟著. -- 武汉 ：长江文艺出版社，2017.11
ISBN 978-7-5702-0091-7

Ⅰ. ①倒… Ⅱ. ①姚… Ⅲ. ①诗集－中国—当代 Ⅳ. ①I227

中国版本图书馆 CIP 数据核字(2017)第 290538 号

策　　划：大　卫
责任编辑：沉　河　　胡　璇　　　　责任校对：陈　琪
装帧设计：大卫书装　　　　　　　　责任印制：邱　莉　　王光兴

出版：长江出版传媒 | 长江文艺出版社
地址：武汉市雄楚大街 268 号　　　　邮编：430070
发行：长江文艺出版社
电话：027—87679360
http://www.cjlap.com
印刷：三河市宏顺兴印刷有限公司

开本：640 毫米×970 毫米　　1/16　　印张：12.25　　插页：2 页
版次：2017 年 11 月第 1 版　　　　2017 年 11 月第 1 次印刷
行数：2722 行

定价：32.00 元